Pierre Abraham de La Bretonnière.

Ic.

1809

Pierre Abraham de Le Bretonière.

Ya.

1809

LA
TOURAINE,

POËME.

Par M. abraham

A TOURS,

DE L'IMPRIMERIE DE FRANÇOIS LAMBERT.

M. DCC. XLI.

AVEC PERMISSION.

Eſt tamen omne ſolum Francæ telluris , alendis
Hortorum arboribus , rurique inſigne colendo.
Præſertim riguæ tellus vicina Turoni ,
Ver ubi perpetuum , ſemperque nitentia prata.

Rapini Hortorum lib. 4.

LA TOURAINE,

P O Ë M E.

HEUREUX féjour , vafte & fertile plaine ,
Chere Patrie , admirable TOURAINE ,
Aimable objet des vœux de l'Univers ,
Je puis enfin te chanter dans mes vers.
Pardonne aux feux , aux erreurs du jeune âge
Ce lent tribut , un fi tardif hommage.
Un Dieu flâteur , dès mes plus jeunes ans ,
Vainqueur jaloux , feul regna fur mes fens.
Tu le connois ; au fils de Cytherée
Ton fein riant donne une libre entrée ,
Sur tes côteaux , fous tes ombrages frais
Un riche encens pour lui brûle à jamais.
Déferts afreux , cavernes de Scythie ,
Trifte féjour de l'époux d'Orythie ,
Thrône éternel des ténébreux hivers ,
Où font captifs les fleuves & les mers ,
Où les forêts fans ombre & fans verdure
N'écoutent point les lois de la nature ,
Le tendre Amour , ce fouverain des Dieux ,
N'habite point vos rochers odieux,

Ce Dieu cherit cette plaine (a) féconde
Que le Penée arrose de son onde ,
Ces champs heureux où la premiere fois
Phébus gémit sous ses superbes lois ,
Quand poursuivant une Nimphe (b) alarmée
En verts rameaux elle fut transformée.
Tendre Cephise (c) il regne sur ton cours,
Toujours heureux dans tes longues amours ,
Si de son cœur Narcisse eût été maître ,
Ou qu'il eût craint un jour de se connaître.
Le mont (d) fameux par les larmes d'Atys ,
Cypre témoin du prodige d'Iphis , (e)
Ce beau (f) séjour que la Reine des ombres
Quitta jadis pour les Royaumes sombres ,
Pleins de ce Dieu , comblés de ses présens ,
Cent fois le jour lui prodiguent l'encens.
Mais ces vallons , ces riantes campagnes ,
Ces prés fleuris , ces bois & ces montagnes
N'étalent point de si riches trésors
Que la nature en forma sur ces bords.
Vive beauté , doux charmes de la vûë ,
De toutes parts on t'y voit répanduë.
Entre deux longs & superbes côteaux ,
Vantés au loin & prodigues rivaux ,
Séjour du Dieu nourrisson de Silene ,

(a) *La délicieuse vallée de Tempé.*   (b) *Daphné.*
(c) *Fleuve de l'Attique. Amant de Liriope. Narcisse nâquit de leurs amours.*
(d) *Le Mont Ida.*
(e) *Iphis vint au monde fille , & fut métamorphosée en garçon par la Déesse Isis.*
(f) *La Sicile.*

Frape les yeux une fertile plaine.
Sur des lits d'or deux fleuves renommés
Roulent leurs flots l'un de l'autre enflammés :
Leur onde pure embellit la prairie ,
Par fa fraîcheur la campagne eft fleurie ;
Avec ardeur ils fe cherchent tous deux ,
La terre cede à leur cours amoureux ;
Sur le rivage ils s'apellent , gémiffent ,
L'écho répond , les rochers retentiffent ,
Ils vont cüeillir le fruit de leurs travaux :
Déja l'Himen fait briller fes flambeaux ,
L'Amour fufpend leurs courfes vagabondes ,
Il les unit , mêle & confond leurs ondes.
D'antiques murs & de nombreufes tours
Semblent floter fur l'un & l'autre cours.
Turnus , (a) fuyant les bords de l'Aufonie,
Les fiers Troyens , Enée & Lavinie ,
Fixant fa courfe en ces cantons charmans ,
Pofa , dit-on , leurs premiers fondemens.
Une folide & fimple architecture
N'offre en leur fein que l'aimable nature :
Elle rapelle aux regards étonnés
De l'âge d'or les fiécles fortunés ,
Quand les humains fous l'Empire de Rhée
Suivoient les lois de la divine Aftrée ,
Sur leurs befoins regloient tous leurs defirs
Et ne goûtoient que d'innocens plaifirs.

(a) C'eft une ancienne tradition dans la Touraine , que Turnus a bâti la
Capitale de cette Province.

Loin de ces murs l'implacable Bellone
Porte le fer , souffle la flamme & tonne :
On n'y voit point sous de barbares coups
Tomber l'épouse aux pieds de son époux ;
Mars arracher une fille tremblante
Des bras meurtris d'une mere sanglante ,
Percer la sœur , le pere aux yeux du fils ,
Semer l'horreur , l'épouvante , les cris.
Le Vigneron ne craint que le dommage
Des longs hivers , des grêles , de l'orage,
Le Laboureur , pour couper la moisson ,
Attend en paix l'ordre de la saison :
Bacchus , Cerès leur versent l'abondance
Et rarement trompent leur esperance.
Mais quel spectacle en ces paisibles lieux !
Quel vif éclat vient enchanter mes yeux !
Dans ces jardins est l'empire de Flore.
Volez Zéphirs , & vous brillante Aurore
Sur ses présens faites couler vos pleurs.
Que de trésors ! Quelles riches couleurs !
L'air se parfume & la terre embaumée
D'astres brillans en cent lieux est semée.
Ces beaux jardins , les délices des sens ,
Furent toujours la gloire du printems ;
Mais , sur les pas de la chaste Erigone ,
Quand la Balance a ramené l'automne ,
Quelle richesse en nos vergers féconds !
Pomone alors nous prodigue ses dons ,
Ces fruits vantés de l'un à l'autre Pole ,
Chers aux Zéphirs & respectés d'Eole ,

Ces fruits divins , qu'un légitime choix
Confacre & fert à la table des Rois :
Ils ont acquis au lieu de leur naiffance
Le beau furnom de JARDIN DE LA FRANCE.
Quand la nature à l'Univers éclos
Eut donné l'ame & détruit le cahos ,
Aux élemens affignant leur domaine
Eut mis un frein à leur commune haine ,
Et fait mouvoir par de fecrets refforts
Du Firmament les grands , les vaftes corps ;
La terre alors & déferte & ftérile ,
Amas groffier de matiére inutile ,
N'offroit par tout que de triftes déferts ,
D'arides monts environnés des mers.
Quand tout-à-coup la nature féconde
Change en tous lieux la furface du monde ,
Et fait agir fes principes puiffans
Jufques alors oififs & languiffans.
A fa parole efficace & facrée
Soudain la terre eft fertile , eft parée ,
L'air s'obfcurcit d'innombrables forêts ,
La moiffon croît dans les vaftes guérets ,
Mille animaux errent dans les campagnes ,
Fendent les airs , rampent fur les montagnes ,
L'homme paroît , l'homme né pour les Cieux .
Roi de la terre & l'image des Dieux.
Nature , alors ta fageffe infinie
Dans l'Univers apella l'harmonie ;
Elle fixa chez les Etres vivans
Et leur demeure & leurs jours & leurs rangs ,

Affortiffant par d'éclairés partages
A leur inftinct leurs divers héritages.
Ainfi l'Affrique aux fables enflammés ,
Aux noirs poifons dans fon fein enfermés ,
Où le Lion , la Panthere fanglante
Sement par tout l'allarme & l'épouvante ,
Porte en fon fein de farouches mortels ,
Fiers , inhumains , fans lois & fans Autels.
Mais dans les champs de l'aimable Touraine ,
Où le Zéphir répand fa douce haleine ,
Où l'abondance avec foin chaque jour
Verfe fes dons , gages de fon amour ;
Dans ces forêts , favorables retraites
De Philomele & des tendres Fauvettes ,
Lieux habités de Faune , de Silvain ,
Où regne un ciel toujours pur & ferein :
Des Citoyens fages & pacifiques ,
Fixés au fein de leurs Dieux domeftiques ,
Coulent des jours tranquiles , fortunés ,
Par l'âge feul , fans crainte , terminés.
Leur cœur fincere , ennemi de la feinte ,
Agit fans fard & parle fans contrainte ;
Tendres époux , fujets aux lois foumis ,
Bons Citoyens , ils font ardens amis.
Noble douceur tu regnes dans leur bouche ,
Le culte faint les anime , les touche ,
Et chaque toit dans leur vafte Cité
Eft le féjour de l'hofpitalité.
Comme l'on voit fur le rivage humide
D'un vafte lac ou d'un fleuve rapide ,

Un

Un jeune effain de Caftors vigilans
Hâter la nuit leurs travaux diligens ,
Quand redoutant & l'attaque des ondes
Et du Chaffeur les bleffures profondes ,
Leur troupe éleve un toit & des remparts
Contre la faim & les flots & les dards ,
Tous à l'Etat offrent un bras utile.
Là fe tranfporte & le fable & l'argile :
La terre ici , fous des efforts hardis ,
S'ouvre & reçoit de nombreux pilotis :
L'un de fa queuë ou de fes dents aiguës
Renverfe un arbre élevé dans les nuës ;
Et l'autre enfin du gefte & de la voix
Conduit l'ouvrage & donne à tous des lois.
Tels fur ces bords arrofés de la Loire
Sont ces mortels dont je chante la gloire.
Dès que Phébus a doré leurs côteaux ,
L'air retentit du bruit de leurs travaux :
De Laboureurs les plaines font couvertes ,
Les bois peuplés , les bourgades défertes :
De fon comptoir le riche Commerçant
Eft obéi de l'Aurore au Couchant ;
Sa main remplit par un utile échange
Ses magazins des richeffes du Gange ,
Ou du Mexique attirant les tréfors ,
Il enrichit fa famille & nos bords.
Non moins utile à fa tendre Patrie
De l'Artifan éclate l'induftrie.
Dès que la Soïe au fond d'un vafe obfcur
A bû le fuc du pourpre ou de l'azur ,

B

Il la prépare, il en forme fa chaîne,
Sur le métier il l'étend avec peine :
Un ais fe leve, il s'affied, devant lui
Paroît l'Enfuble, (a) elle lui fert d'apui,
De fes travaux elle eft dépofitaire ;
A fes côtés eft, la trame légere,
Et fous fes pieds les mobiles refforts
Qui tour à tour font mouvoir ce grand corps.
L'air retentit ; une vierge craintive
A ce fignal prête fa main active,
La chaîne s'ouvre & la navette fuit.
Il y décrit les aftres de la nuit,
Les monts déferts & les forêts lointaines,
Les prés fleuris & les claires fontaines :
De l'Aigle il peint le vol audacieux,
Et le Pavot naît & croît fous fes yeux.
Art merveilleux & travaux admirables,
De la Peinture enfans inféparables,
Vous habitez les fuperbes Palais,
Le doux fommeil fuit vos voiles épais ;
Sur la laideur vous répandez des charmes,
De la beauté vous aiguifez les armes.
Sortez, fortez des manoirs ténébreux
Mânes cheris, quittez ces champs heureux
Où la vertu, fur fon thrône affermie,
Brave les traits, le poifon de l'Envie.
Accourez tous, volez brillans Efprits ;

(a) *Morceau de bois tourné & placé à la tête du métier, au tour duquel l'Artifan roule l'Etoffe qu'il fabrique.*

Vous , dont les noms , les sublimes écrits ,
Le haut savoir ou la fertile veine
Ont à jamais illustré la Touraine ,
Inspirez-moi , répandez dans mes vers
Ce feu divin qui regne en vos concerts :
Savans Auteurs , votre gloire m'enchante ,
Elle m'enflamme , & c'est vous que je chante.
Né d'un sang noble & fécond en Guerriers ,
Racan (*a*) du Pinde a connu les sentiers ;
Il sçut enfler les musettes champêtres ,
Chanter l'Amour , les Bergers & les hêtres ;
De l'Eternel il annonce les lois ,
David l'échauffe & parle par sa voix.
Le front chargé des honneurs du Parnasse ,
Commire (*b*) brille assis auprès d'Horace.
Rapin (*c*) le suit. Quels chants mélodieux
Changent soudain la face de ces lieux !
A ses accens la terre fait éclore
Les dons chéris de Pomone & de Flore ,
Elle produit ces boccages charmans ,
Témoins discrets des fortunés Amans :
L'air est serein , le souffle des Borées
Ne trouble point ces riantes contrées ,
Et l'onde esclave en cent canaux divers
Murmure , sort , s'élance dans les airs.

(a) *M. Racan de Bueil , né à la Roche-Racan en Touraine.*
(b) *Le P. Commire , Jesuite , né à Amboise.*
(c) *Le P. Rapin , Jesuite , Auteur de l'excellent Poëme des Jardins , a don-*
né des préceptes admirables pour tout ce qui contribue à leur agrément & à leur fer-
tilité.

Tel dans la Thrace au pied du mont Rhodope
Chantoit jadis le fils (a) de Calliope.
Je vois Defcarte (b) un compas à la main
L'œil dans les cieux près d'un globe d'airain,
Son nom fameux, fa gloire fans limite
Vole au-delà des bornes d'Amphitrite ;
Il eft porté dans les céleftes corps,
De l'Univers il connaît les refforts ;
L'efpace eft plein, l'éclatante lumiere
N'eft qu'un amas de fubtile matiére :
S'il s'eft ouvert des fentiers féducteurs,
Il eft brillant jufques dans fes erreurs.
Mais quel mortel, femant le fel attique,
Tient en fa main un tableau fimbolique !
C'eft Rabelais : (c) folâtrant, il inftruit,
Et la vertu de fes jeux eft le fruit.
Près des grands noms dont il trace l'hiftoire,
Duchefne (d) vit au Temple de Mémoire :
Docte, profond, ardent & curieux,
L'antiquité fe dévoile à fes yeux.
Comme une mere & tendre & déplorable,
A qui jadis la Parque inexorable
A moiffonné dans leur belle faifon
Deux fils aînés, l'efpoir de fa maifon ;
Le fouvenir de leurs traits pleins de charmes
Ouvre fa plaïe & rapelle fes larmes :

Mais

(a) Orphée.   (b) Defcartes, né à la Haye en Touraine ;
(c) Rabelais, né à Chinon en Touraine.
(d) Duchefne, de l'Ifle-Bouchard en Touraine.

Mais élevant ses regards attendris
Sur le dernier de ses malheureux fils,
Elle l'embraffe ; une si chere vûë
Porte le calme en son ame abattuë ;
Son tendre cœur étouffe ses soupirs,
Un doux espoir suspend ses déplaisirs.
Telle, au récit des graces infinies,
Des hauts talens de ces rares génies,
Chere Patrie, on voit couler tes pleurs.
Ton cœur, en proïe aux plus vives douleurs,
Dans les chagrins languit & se confume,
Il est rempli de fiel & d'amertume.
Séche tes pleurs ; aux doux sons des concerts
Entens ces cris qui remplissent les airs.
Vois (a) cette augufte & brillante Affemblée,
D'amour, de joye & de crainte troublée :
Vois dans ces lieux cet illustre mortel
Le front couvert d'un laurier éternel ;
Il est guidé par l'aimable Thalie,
Il foule aux pieds la critique & l'envie :
Vois ses honneurs, rends le calme à tes sens,
L'heureux Deftouche (b) est un de tes enfans,
Leve les yeux au sommet du Parnaffe,
Vois ces élans, vois cette noble audace
De l'enjoüé, de l'aimable Grécour,
Dont les écrits, délices de la Cour,
Chaque (c) printems réfufcitent Catulle,
Le tendre Ovide & l'élégant Tibulle,

C

(a) *La Comédie Française.* (b) *M. Nericault Deftouchas, de l'Acad. Fr.*
(c) *M. l'Abbé de Grécour fait tous les printems le voïage de Paris.*

Dont les bons mots & les contes badins
Sont les plaifirs & l'ame des feftins.
Que ces mortels, que leurs chants, que leur gloire
Vont illuftrer les rives de la Loire !
Et quels concerts, quels prodiges nouveaux
N'attens-tu pas de leurs heureux travaux ?
Chers habitans de ces belles contrées,
Au tendre Amour, aux Graces confacrées,
Pour qui les Dieux, empreffés & ravis,
Quittent l'Olimpe & leurs facrés parvis ;
Goûtez en paix les biens que la nature
Répand fur vous fans borne & fans mefure ;
Loin des fureurs, des tempêtes de Mars,
Au fein des jeux cultivez les beaux Arts.
Au bruit récent de votre renommée
Genes (a) pâlit, Genes eft allarmée :
Ses vains travaux par vos travaux vaincus,
N'ont plus d'efpoir dans les honteux tributs
Dont tant de fois nos Monarques, nos Princes
Ont enrichi fes fuperbes Provinces.
De longs foffés couronnez vos guerets ;
Plantez, plantez ces utiles forêts (b)
Dont la dépoüille & la riche verdure
Des Vers (c) naiffans eft la tendre pâture.
Ces artifans féconds, induftrieux
Vous fileront ces tombeaux précieux (d)

(a) *M. Fagon a établi à Tours une Manufacture de Damas & de Velours à l'imitation de ceux de Genes. Quoique cet établiffement foit encore dans fa nouveauté, nos Fabriquans font parvenus à la perfection des Genois.*

(b) *Des Mûriers. Ils viennent parfaitement dans la Touraine, & la Soïe qu'on y fait eft une des meilleures du monde.* (c) *Les Vers à Soïe.*

(d) *On fait mourir les Vers dans leurs Coucons, pour en avoir la Soïe.*

Que vos voisins, que cent Peuples avides
Cherchent au loin sur les plaines liquides.
Baudry, (a) couvert d'éclat & de splendeur,
Par son exemple excite votre ardeur.
Dans ce haut rang où Minerve le guide,
Et qu'il ne doit qu'à sa vertu solide,
Né dans vos murs, il sera votre apui,
Et son grand cœur vous assure de lui.
Déja je vois la terre impatiente
Ouvrir son sein plein d'une noble attente,
Et déja l'air au souffle des Zéphirs
Mollit vos champs & prévient vos desirs.
Belle Rohan, portrait des immortelles,
Toi, mise au rang de ces rares modéles
Que la vertu fait naître auprès des Rois
Pour protéger, pour faire aimer ses lois,
Viens dans ces lieux (b) si chers à tes Ancêtres :
Dans nos vallons, dans nos prés, sous nos hêtres
Regnent encor l'innocence & la paix.
Belle Rohan, fuis ces pompeux Palais,
Où le tumulte, enfant de la licence,
Vient effraïer la timide innocence.
Le Cher se leve au-dessus de ses eaux,
Il te demande à tes heureux vassaux.
Près de ses bords les Naïades craintives,
Abandonnant leurs ondes fugitives,

(a) *M. de Baudry, Conseiller d'Etat & Intendant des Finances, a fait planter beaucoup de Mûriers dans la Terre qui porte son nom.*
(b) *La Bourdaisiere, Terre qui apartient à Madame la Princesse de Rohan, fille du Marquis de Courcillon. Le pere de l'Auteur a une Maison de Campagne dans son Fief.*

Foulent des prés les brillantes couleurs,
Pour te cuëillir des couronnes de fleurs.
Et toi reviens, ô Prélat magnanime, (a)
Viens recevoir un encens légitime.
Viens, de tes soins libre, débarraffé,
T'offrir enfin à ton Peuple empreffé.
Loin de tes yeux la discorde rébelle
Leve la tête & la vertu chancelle ;
Loin de tes yeux, privé de ton secours,
L'indigent craint pour ses malheureux jours.
Sang des Condés, (b) source victorieuse,
Source, l'effroi du Rhin & de la Meuse,
Qui ne voyez entre vous & les Dieux
Que le rang (c) seul où brilloient vos Aïeux,
Illustre Sang, dont les glorieux titres
De nos destins vous rendent les arbitres,
Et, limitant ce pouvoir dangereux,
Qui n'en usez que pour nous rendre heureux ;
Soyez toujours l'impénétrable Egide
Et le flambeau d'une Cité timide.
Par leurs bienfaits, par l'amour des mortels
Les demi-Dieux s'élevent des Autels.

(a) *Monseigneur de Chapt de Raftignac, Archevêque de Tours.*
(b) *Monseigneur le Comte de Clermont est Gouverneur de la Touraine.*
Monseigneur le Comte de Clermont a possedé longtems le premier Bénéfice de cette Province.
*Madame de Vermandois est Abbesse de Beaumont lès Tours. Madame la Prin-
cesse de Conty y vient voir tous les ans cette illustre Sœur, auprès de qui elle a mis
la jeune Princesse sa fille. Ainsi la Maison de Condé est particulierement attachée à
la Touraine.*
(c) *La Maison de Condé tire son Origine de Saint Louis.*

Permis d'imprimer. A Tours, ce 24. Décembre 1741, PETITEAU,
Lieutenant Particulier ; pour l'abfence de Monsieur le L. G. de Police.

www.ingramcontent.com/pod-product-compliance
Lightning Source LLC
Chambersburg PA
CBHW061427170626
46811CB00005B/2162